Miguel y el dragón

Elisabeth Heck

Ilustraciones de Eckart Straube

ediciones SM Joaquín Turina 39 28044 Madrid

Colección dirigida por **Marinella Terzi**

Primera edición: mayo 1983
Decimotercera edición: febrero 1994

Traducción: *Jesús Larriba*

Título original: *Der Junge Drache*
© Arena-Verlag Georg Popp, Würzburg
   Ediciones SM, 1983
   Joaquín Turina, 39 - 28044 Madrid

Comercializa: CESMA, SA - Aguacate, 43 - 28044 Madrid

ISBN: 84-348-1167-7
Depósito legal: M-4866-1994
Fotocomposición: Grafilia, SL
Impreso en España/Printed in Spain
Imprenta SM - Joaquín Turina, 39 - 28044 Madrid

EL dragón joven y el dragón viejo
viven juntos
en el fondo de un lago muy hondo.

Un día,
el dragón joven nada hacia arriba,
sube más y más.
Por fin,
su cabeza asoma por encima del agua.

Hay un labrador
trabajando en el campo.
El dragón abre la boca
y lanza agua al aire.
El labrador grita
y huye a toda prisa.
El dragón ríe.

AL día siguiente
vuelve a nadar hacia arriba.

Hay muchos hombres
junto a la orilla.
Todos miran
hacia el fondo del lago.

La cabeza del dragón
asoma por encima del agua.

LOS hombres gritan
y salen corriendo.
El dragón joven tiembla de risa.
Salta del lago al aire.
Vuelve a caer en el agua
y levanta grandes olas.

Aʟ día siguiente
nada otra vez hacia arriba.
Su cabeza asoma ya
por encima del agua.

¡No hay nadie por ningún lado!
Los hombres temen
al terrible dragón que vive
en el hondo y sombrío lago.

11

El dragón joven
ha sufrido un desengaño.
Nada hacia el fondo del lago,
baja más y más.

BUSCA al dragón viejo
y le dice:
—Me gustaría
dejar el lago y viajar.

Hacer un viaje por tierra.

El dragón viejo le contesta:

—Puedes salir del lago.
Pero no te permitiré volver
mientras no hayas conquistado
en la tierra
el corazón de un hombre.
¡Piénsalo bien!
El dragón viejo está muy serio.

¿Sabe el dragón joven qué significa
conquistar el corazón de un hombre?

¡Debe buscar un hombre
que lo quiera!
¡Tiene que encontrar
un amigo en la tierra!

De lo contrario,
nunca podrá volver al lago.

EL dragón joven piensa:

«He visto a los hombres.
Son muy pequeños,
casi enanos.
Yo, en cambio,
soy grande y fuerte.
Conquistaré sus corazones
sin ningún esfuerzo.»

14

EL dragón joven
nada hacia arriba,
sube más y más.
Su cabeza asoma otra vez
por encima de las olas.

¡No se ve nadie
por ningún lado!

EL dragón golpea
el agua con la cola
y levanta grandes olas.

LUEGO da un salto enorme
y sale volando
del agua al aire.

Sí, vuela,
pues sus aletas
se han transformado en alas.

Ahora echa por la boca
fuego y no agua.

Su cola ya no golpea las olas.
Persigue las nubes por el cielo.

Los hombres gritan.

Corren a sus casas.

Cierran las puertas de golpe.
Bajan las persianas.

¿Y los animales?
Los gansos y las gallinas
se dispersan despavoridos.
Las vacas, las cabras y las ovejas
huyen a los establos.
Los pájaros echan a volar.
¡Qué cacareo,
qué graznido,
qué pío pío,
qué balido!
Y los perros
se aúllan unos a otros.
Luego llega la noche
con sus sombras.

Los hombres
tiemblan de miedo
y se tapan la cara
con las sábanas.

LA cola del dragón
golpea los tejados
de las casas.
¡Qué estrépito,
qué redoble!
Pasa volando
por encima de los balcones.
Caen tiestos al suelo.
Saltan en pedazos
los cristales de las ventanas.

¡Qué estampido,
qué chirrido!
Ahora,
el dragón se engancha en un árbol
y queda prendido por la cola.
Sacude violentamente las ramas.
¡Qué crujidos,

qué lamentos,
qué gemidos!
El dragón aúlla con fuerza.
Da un tirón
y queda libre.
Las ramas se rasgan
con un crujido.
¡Puum!
Han cedido las raíces,
y el árbol ha caído al suelo.

DE pronto,
queda todo en silencio.
Los hombres esperan
y escuchan.
Se acercan a las ventanas
sin hacer ruido
y escrutan la noche.
¡Qué horror!

—¿Veis el resplandor
que hay en el bosque?
—¿Se está quemando el monte?
—¿Habrá pegado fuego el dragón
al bosque?
–se preguntan unos a otros
con miedo.

26

EL resplandor que brilla
por encima del bosque
es el fuego que sale
de las fauces del dragón.

En medio del bosque,
el dragón está acurrucado
delante de una cueva
y escupe fuego
hacia el cielo sin luz.
Por fin,
logra entrar en la cueva
arrastrándose
y descansa de sus estragos.

EL dragón joven se divierte
asustando a los hombres,
y piensa muy orgulloso:

«Soy grande y fuerte.
En cuanto muevo un poco la cola,
estos hombres enanos
tiemblan como las hojas
cuando sopla el viento.
En cuanto brillan mis ojos,
los hombres gritan
y huyen despavoridos.»

CANSADO de sus correrías,
se duerme satisfecho.

TODAVIA no ha pasado un año,
y el dragón está perdiendo
las ganas de vivir en tierra.

¿No está siempre solo?

¿Dónde hay un amigo
con el que pueda hablar,
jugar y reír?

Sí. El dragón se aburre.

CADA vez añora más
el lago de los dragones.

Le gustaría volver a casa,
reunirse con el dragón viejo,
regresar a su lago.

La añoranza aumenta
de día en día.

Pero el dragón viejo
le ha dicho:
—No te permitiré volver
mientras no hayas conquistado
en la tierra
el corazón de un hombre.

EL dragón joven piensa:
«Eso no es tan fácil
como yo creía.
¿Cómo podré lograrlo?

TODOS los hombres
me tienen miedo.
Ninguno me quiere bien.
Nadie es amigo mío.
Incluso me odian.
Me odian cada vez más.

34

Si arde una casa, dicen:

'La ha incendiado el dragón.
Su boca vomita fuego'.

Si un hombre se pone enfermo,
todo el mundo dice:

'Lo ha envenenado
el aliento del dragón'.

Si falta una oveja
en el rebaño,
todos los hombres afirman:

'Se la ha tragado el dragón'.»

A VECES , un hombre valiente
se atreve a entrar en el bosque.

Quiere matar al monstruo
con una lanza.

Le gustaría ser un héroe
y ganarse
la admiración de la gente.

PERO ninguno lo consigue.

Tan pronto como el dragón
gira la cabeza
y mueve los ojos fulgurantes,
tan pronto como agita la cola,
se le cae el arma de las manos
al hombre más valiente.

El hombre echa a correr
y huye del bosque.

Luego se avergüenza
y busca refugio
en un país extraño.

Nadie lo vuelve a ver.

LAS gentes dicen:
—Lo ha matado el dragón.

EL dragón joven suspira.
—Jamás
podré conquistar
el corazón de un hombre.
Jamás
me querrá
ninguno de ellos.
Jamás
encontraré un hombre
que quiera ser amigo mío.

Se acurruca triste
a la puerta de su cueva.

SE siente solo,
terriblemente solo,
y se muerde la cola.

Aúlla con fuerza
y escupe fuego.

Clava las garras
en la tierra.

Es que siente
un dolor muy fuerte.

¿No ha visto el dragón
la casa que hay
a la orilla del bosque?

EN esa casa vive Miguel.

Miguel juega en el jardín
con arena, piedras y madera.

Quiere hacer una ciudad.
De pronto mira hacia arriba.
Ve entre los troncos
el resplandor de una llama
y se sorprende.

MIGUEL piensa:
«Ya sé dónde vive el sol:
al caer la tarde,
se sumerge en el bosque.
Hoy iré a buscarlo.»

MIGUEL entra en el bosque,
penetra más y más.

ALLI se encuentra
con el dragón.

EL dragón tiene la cabeza
reclinada sobre las patas
y mira hacia el niño.

Al verlo, piensa en su interior:

«No debo mover la cola,
ni dejar que mis ojos fulguren.
De lo contrario,
el niño gritará
y huirá corriendo,
como todos los demás.
Sería una lástima,
porque me cae bien.»

Miguel no corre.

Se acerca poco a poco.
Ya está delante del dragón.

Contempla al animal,
ve la sangre
que le sale de la cola
y cae goteando
sobre la tierra del bosque.

Y le pregunta:
—¿Te has hecho daño?
¡Pobrecito!
Quiero ayudarte.

MIGUEL se quita la camisa,
sacándosela por la cabeza,
y venda con ella
la herida de la cola.

45

EL dragón
casi no se atreve a respirar.

Dos lágrimas grandes
salen de sus ojos
y caen sobre sus enormes patas.

AHORA,
el dragón tiene retraídas
sus peligrosas garras.

—¿Te duele tanto
que te hace llorar?
–le pregunta Miguel.

Y luego, lo consuela:
—Mi madre te curará.
Ven conmigo a casa.

El dragón
levanta la cabeza sorprendido.

Duda.

—Ven
–dice otra vez el niño.
Sonríe y le hace señas.

El dragón piensa:
«Tiene un rostro amable.
Si se marcha,
me quedaré solo,
otra vez completamente solo.
Prefiero irme con él.»
Así, el dragón obedece al niño.
Se abre camino
entre los arbustos.
Miguel vigila el vendaje
de la herida de la cola.
Los dos están ya
junto a la orilla del bosque.
Miguel y el dragón.

¿Y qué ven?

Muchos hombres
corren hacia el bosque.

LANZAN gritos y van armados
con escopetas, sables,
horcas y ramas.

Han buscado a Miguel
y se preguntan excitados:

—¿Se habrá ido al bosque?
¿Se lo habrá comido el dragón?
¡Horrible!

50

LOS hombres
han tomado una decisión:

—Vamos a matar al dragón.
Queremos salvar a Miguel.

El dragón mira a los hombres.
Y ve sus armas.

En su enorme pecho se enciende
una ira incontenible.

Sus ojos echan chispas.
El dragón
se prepara para saltar.

Le tiembla el cuerpo.

Golpea con la cola
todo lo que hay a su alrededor.
—Ten cuidado
–grita el pequeño Miguel.
¡Mira tu herida!
¡Está sangrando otra vez!

MIGUEL está de pie
delante del dragón.

GOLPEA el suelo con el zapato
y grita:
—¡Tirad las armas!
¿No veis cómo tiembla
el pobre animal?

Luego tranquiliza al dragón:

—No te excites, amigo.
No pueden hacerte nada.
Miguel te protegerá.
Miguel te quiere.

EL dragón aguza el oído:

«¿Qué ha dicho el niño?
¿Que me quiere?
Eso significa
que he conquistado
el corazón de un niño.
¡Estoy salvado!
¡Estoy salvado!»

Y EL joven dragón
salta de alegría.

NO salta hacia los hombres,
sino hacia arriba.

Todos caen a tierra,
como heridos por un rayo.

Tienen tanto miedo
que se cubren la cara con las manos.

Sólo Miguel
se mantiene erguido.

Admira al dragón.

¡Qué fuerte es su dragón!

Las alas murmuran.
Sólo Miguel entiende
el lenguaje de los dragones.
—Tú eres amigo mío.
Me gustaría volver a verte
allá abajo,
junto a mi lago.
Cuando se agiten las olas,
verás mi cabeza salir del agua.
¡Hasta la vista!

LAS alas producen un zumbido.

El dragón echa a volar.

Su cola brilla
bajo el sol del atardecer.

Allí está la camisa de Miguel.
El dragón la ha dejado caer.
El niño la recibe
y despide al dragón
agitando los brazos.
Todo ha quedado en silencio,
en un profundo silencio.

POR fin,
los hombres miran hacia arriba.
Sólo ven
algunas chispas sobre el lago.
Es el último fuego
que sale de las fauces del dragón.

El dragón joven
ha vuelto a su casa,
se ha reunido
con el dragón viejo,
ha regresado a su lago.

AL día siguiente,
Miguel se dirige solo
al solitario lago.
Se detiene en la orilla
y mira hacia el fondo
de las oscuras aguas.

EL dragón
sale del fondo del lago
y nada hacia arriba.
Se agitan las olas.
La cabeza sale del agua.
Ahora,
el dragón salta del lago al aire.
¡Es un salto de alegría!

VUELVE a caer
pesadamente al agua.
Y las olas se agitan...